BALLET

OV DÉREIGLEMENT
DES PASSIONS·

*De l'Intereft, De l'Amour,
& de la Gloire.*

LES Paffions ne fe contentent
pas de s'attribuër vn empire
abfolu fur toutes les actions
des hommes. Comme elles
ont nées efclaues : elles vfent infolem-
ment du pouuoir qu'elles ont vfurpé.
Apres auoir fecoüé le joug de la raifon,
elles ont peine à fouffrir celuy de la natu-
re. Elles confeillent des baffeffes, elles

BALLET

DV DÉREIGLEMENT

DES PASSIONS.

De l'Intereſt, De l'Amour,
& de la Gloire.

LES Paſſions ne ſe contentent pas de s'attribuër vn empire abſolu ſur toutes les actions des hommes. Comme elles ſont nées eſclaues : elles vſent inſolem-ment du pouuoir qu'elles ont vſurpé. Apres auoir ſecoüé le joug de la raiſon, elles ont peine à ſouffrir celuy de la natu-re. Elles conſeillent des baſſeſſes, elles

A

inſpirent des temeritez, elles portent à des excés, elles engagent à des extrauagances ; & veulent bien enfin n'auoir point de loy, pourueu qu'elles la donnent. Ces déreiglements qu'elles mettent dans l'eſprit, paroiſſent tous les jours ſur le theatre : Mais perſonne n'oſe leuer la toile, ny dire le nom du danſeur. Il n'y a que les Dieux & les Heros des Anciens, qui puiſſent eſtre l'objeƈt de la riſée & de la cenſure. On les a veus tant de fois en public, qu'ils n'ont plus de honte de ſeruir de ſpeƈtacle : & leurs crimes ſont ſi celebrez par les Hiſtoriens & par les Poëtes, que l'imagination ne peut plus en eſtre choquée. L'Intereſt cette paſſion aueugle, qui ne ſignifie pas ſeulement la conuoitiſe de l'or ; mais en general de tout ce qui porte le nom d'vtile, & qui en ce ſens fait partie de l'Ambition, en tranſporta quelques-vns. Les autres ſuiuirent les mouuements impetueux de l'A-

mour. Et la pluſpart ne furent enflam-
mez que du deſir de la Gloire. Ces trois
principales cauſes de tous leurs deſordres,
auſſi bien que de tous ceux qui arriuent
encor à preſent dans le monde , forment
les trois parties de ce Ballet : Et quelques-
vns de leurs plus renommez effects ſont
repreſentez dans toutes les Entrées ; dont
pour la diuerſité de la danſe , & pour l'ex-
plication du ſujet , il y en a quelques-vnes
de liées , qui ne compoſent enſemble qu'vn
exemple de déreiglement.

Le Ballet au Spectateur.

SONNET.

E penſois te faire vn regale
De mille ſpectacles diuers,
Mais les machines à l'enuers
Rendent ma douleur ſans eſgale.

Diane chaſſe en vne ſalle,
Jaſon ne va point ſur les mers,
Et l'on ne voit point dans les airs
Voler Jcare, ny Dedale.

Tous les Dieux viennent de leur pié,
Et Phaëthon, quelle pitié!
Eſt auſſi ſage qu'vn autre homme.

N'eſt-ce pas auec fondement
Que je deſire qu'on me nomme
Le Ballet du déreiglement?

PREMIERE PARTIE.

Du déreiglement de l'Interest.

'Interest paroist dans vn Chariot d'or tiré par trois Harpies.

RECIT.

Mortels, de l'encens, des victimes,
Esleuez des Autels, flechißez les genous,
Ie suis le Dieu puißant que vous adorez tous,
Qui fais le plus souuent vos vertus & vos crimes.
Tout le monde d'abord a de l'horreur pour moy;
Mon nom espouuante & fait honte:
Mais il n'est point de cœur que mon charme ne domte
Et qu'à la fin je ne range à ma Loy.

Ie suis l'Idole de la terre,
L'Autheur de tous les biens, l'Autheur de tous les maux;
Le pere des desirs, des soins, & des trauaux;
L'Arbitre de la paix, la source de la guerre.
Tout le monde.

I'ay fait appaiser les querelles
De la flame, & des eaux, de la terre, & des airs;
Et par les doux reßorts des interests diuers,
C'est moy qui fais mouuoir les causes naturelles.
Tout le monde.

B

Sans moy les plus superbes villes
N'auroient plus d'habitans, la Cour plus de flatteurs;
La Beauté se verroit sans ses Adorateurs,
Les champs seroient en friche, & les ports inutiles.
Tout le monde d'abord a de l'horreur pour moy;
Mon nom espouuante, & fait honte:
Mais il n'est point de cœur que mon charme ne donte,
Et qu'à la fin je ne range à ma Loy.

PREMIERE ENTREE.

IX Titans animez par vn interest de fa-
mille, paroissent auec des rochers sur leurs
espaules, auec lesquels ils ont la temerité
d'entreprendre d'escalader le Ciel.

Monsieur le Duc de Ioyeuse, Monsieur le Duc Danuille, Mes-
sieurs de Mansan & de Genlis ; & les Sieurs de Sainct André
& Barbau.

II. ENTREE.

PRomethée auec vne baguette enflammée du
feu celeste qu'il auoit dérobé, vient faire part
à la terre d'vn bien si precieux, & pour en faire
connoistre l'vtilité, il en touche deux statuës qu'il
anime.

Les Sieurs Robichon, de Lorge, & Beauchamp.

III. ET IV. ENTREE.

SIlene Pere nourriſſier de Bacchus, eſtant pour-
ſuiuy par deux Païſans de Phrygie, qui ſe moc-
quent de le voir yure : Eſt deliuré de leurs mains par
leur Roy Midas.

Bacchus arriue à qui Midas le rend, & le prie en
recompenſe, de luy donner le pouuoir de transfor-
mer en or tout ce qu'il toucheroit, ce que Bacchus
luy accorde, ſe riant de l'extrauagance de ſon aua-
rice.

Silene, *La Sieur le Comte*. Les deux Païſans, *les Sieurs
Ferau, & Leger*. Midas & Bacchus, *les Sieurs Queru, &
Muſinot*.

V. ENTREE.

DArius Roy de Perſe, voyant eſcrit ſur le tom-
beau de Semiramis, qu'il y auoit de grands
Threſors enfermez ; mais qu'on ſe gardaſt d'y foüil-
er que dans vne extrême neceſſité ; le fait ſans aucun
beſoin ouurir par trois de ſes Satellites, & n'y trouue
qu'vn papier où eſtoit eſcrit : SI TV N'EVSSES EV
VNE AVARICE BIEN DEREIGLEE, TV NE
SEROIS PAS VENV TROVBLER LE REPOS
DES MORTS.

Darius, *Monſieur le Comte de Sainct Agnan*. Les trois
Satellites, *les Sieurs Barbau, de Mongé, & Boiſuinet*.

VI. ENTREE.

CInq Arimaſpes viennent s'exercer à tirer de l'Arc, pour combattre contre les Gryffons qui gardent les mines d'or ; dont ces peuples qui n'ont qu'vn œil ſont ſi auides, qu'ils ne ſont toute leur vie que chercher les moyens d'en auoir quelque lingot.

Les Sieurs Robichon, Moliere, D'Oliuet, Gory, & Iſaac.

VII. ET VIII. ENTREE.

DEux Mariniers ſuiuent Typhis, qui par l'eſpoir de s'enrichir à la conqueſte de la Toiſon d'or, entreprend de trauerſer les mers, ſur le premier vaiſſeau qui ait jamais eſté fait.

Iaſon, Caſtor, Pollux, Zethes, & Calaïs le viennent trouuer, & l'ayans enuoyé deuant eux, ils ſe reſoluent tous par le meſme motif à courir la meſme auanture.

Typhis, Monſieur le Marquis de Sainɛte Suſanne. Les Mariniers, les Sieurs Leger & Beauchamp. Iaſon & ſes compagnons, Monſieur le Vidaſme, & les Sieurs Iourdain, Sabiez, Raynal, & ſon frere.

IX.

IX. ET X. ENTREE.

SIX compagnons d'Vlisse disputent à qui au-
ra vne peau de bouc qu'Æole luy auoit don-
née, & dans laquelle il auoit enfermé tous les
Vents; & croyant qu'elle fust pleine d'or, ils se
resoluent de l'ouurir malgré la defense qui leur
en auoit esté faite, & au moment qu'ils l'ouurent
Les quatre Vents sortent qui escartent ces in-
considerez auares.

Les compagnons d'Vlysse, *Monsieur le Cheualier de Guise,
Monsieur le Duc de Candale, Messieurs de la Meilleraye, de
Sainct Agnan, de Montignac, & le Sieur Gory.*

Les quatre Vents, *Messieurs Seguier, & de Gontery, &
les Sieurs des Airs, & Boucher.*

C

SECONDE PARTIE.

Du déreiglement de l'Amour.

L'Amour honneſte ne voulant point authoriſer les tranſports déreiglez des Dieux & des Deeſſes de la Fable, vient faire le recit, & ſe retire au moment qu'ils approchent.

RECIT.

Fuyant les Deïtez payennes,
Qui couurent de mon nom leurs profanes deſſeins,
Je viens, ô merueille des Reynes!
Me mettre en vos diuines mains:
Ce n'eſt pas d'aujourd'huy qu'en dépit de ma mere
J'y ſuis venu;
Mais je m'eſtois caché, craignant voſtre cholere
Si j'eſtois reconnu.

Quand le Ciel les forma ſi belles,
Pour regir les François de cent peuples vainqueurs:
J'y mis ces graces immortelles,
Qui ſçauent gaigner tous les cœurs.
Et cette majeſté, dont je voulus moy-meſme
Vous couronner,
Vous fit plus de ſujets, que voſtre Diadeſme
Ne vous en pût donner.

C'est à la force de vos charmes,
De vos rares vertus, de vos rares bontez,
Pluſtoſt qu'à celle de vos armes,
Que vont ſe rendre les Citez :
Et c'eſt par le deſir de ſe voir conſolées
Deſſous vos loix,
Que mille nations proches & reculées
Abandonnent leurs Roys.

Vos peuples qu'vn beau zele enflame,
Au peril de la mort s'expoſe tous les jours :
Et moy qui voy le fonds de l'ame,
Et qui fais agir les amours ;
Ie ſçay que c'eſt par eux que vos ordres ſans ceſſe
Sont obeïs :
Et qu'on ſonge pluſtoſt à ſeruir la Princeſſe,
Qu'à ſeruir le Païs.

Mais des-ja s'aduance auec joye,
La trouppe des Beautez qu'adora l'Vniuers,
Il faut que je les laiſſe en proye
A leurs dereiglements diuers.
Qu'il me faſche de voir que tant de noms indignes
Soient immortels :
Et qu'on ne puiſſe pas pour vos vertus inſignes
Vous dreſſer des Autels.

PREMIERE, SECONDE,
ET TROISIESME ENTREE.

ACTEON venant à la chasse apperçoit Diane & ses Nymphes auprès d'vne fontaine, & sans respecter ny sa diuinité, ny le vœu qu'elle auoit fait de mener vne vie austere & retirée, il veut l'approcher de trop prés.

La Deesse irritée de son audace le transforme en Cerf; Et rencontrant le fleuue Alphée qui la veut outrager, elle se change le visage & celuy de toutes ses Nymphes, & laisse Alphée tout confus de ne l'auoir pû reconnoistre.

Diane, *Monsieur le Duc Damuille.* Les quatre Nymphes, *les Sieurs de Sainct Fré, Beauchamp, Mouchy, & de Lorge.* Acteon, *le Sieur d'Oliuet.* Alphée, *Monsieur Seguier.*

IV. ENTREE.

IXion ose parler d'amour à Iunon, & s'efforçant de l'embrasser il n'embrasse qu'vne nuë.

Le Sieur de Sainct André.

V.

V. ENTREE.

OLimpe celebre joüeur de flufte, eft pourfui-
uy par deux Satyres qui admirent fa beauté; mais Zephyre furuenant les chaffe, & danfe
auec Olimpe.

Olimpe, *Monfieur le Duc de Roennets.* Zephyre, *Monfieur de Bragelonne.* Les Satyres, *les Sieurs de la Barre & Milton.*

VI. ENTREE.

MEleagre fuiuy de Lincée, d'Iolas, de Tela-
mon, & d'Acafte, va à la chaffe du Sanglier de Calydon : Mais ce n'eftoit pas tant pour
s'oppofer à la rage de cette befte furieufe, que
pour voir Attalante, dont il deuint fi efperduë-
ment amoureux dans cette chaffe, qu'il tua fes
propres Oncles, pource qu'ils n'auoient pas ap-
prouué qu'il luy donnaft la hure du Sanglier.

Meleagre. *Monfieur le Duc de Candale* Ses compagnons,
*Meffieurs de fainéte Sufanne, de Genlis, & de Manfan. Et les
Sieurs Mongé, & Ifaac.*

VII. ENTREE.

SEmele éprife d'vne amour inconfiderée pour
Iupiter, le vient conjurer de la venir voir de
la mefme façon qu'il alloit voir Iunon : Ce que

D

Iupiter luy ayant accordé auec peine, il prend
son foudre qu'vn Aigle luy apporte, & appro-
chant d'elle il l'embrase.

Iupiter, *Monsieur de Gonthery*. Semele, *le Sieur Beauchamp.*

VIII. ENTREE.

LA Lune toute Deesse qu'elle est estant des-
cenduë pour carresser le Berger Endymion,
dans vne grotte du Mont Lathmos: Trois autres Bergers viennent faire du bruit pour la tirer
de l'esuanoüissement où ils croyoient qu'elle fust
tombée. Ce bruit la fait fuïr, & resueille Endymion qui vient danser auec eux.

Endymion, *Monsieur le Duc de Ioyeuse*. Les autres Bergers, *les Sieurs de Sainct André, des Airs, & Barbau.*

IX. ENTREE.

TRois Deesses auec trois hommes qu'elles
ont aymez: L'Aurore auec Cephale, The-
tis auec Pelée, Venus auec Anchise.

Les trois hommes, *Monsieur le Cheualier de Guise, Monsieur
le Duc de Roennets, & Monsieur de Montignac.*

Les Deesses, *les Sieurs de Sainct André, Ferau, & Milton.*

TROISIESME ET DERNIERE PARTIE.

Du déreiglement de la paßion d'acquerir de la Gloire.

'Ambition paroiſt ſur vn Throſne ombragé de palmes & de lauriers, enuironnée de Courões, de Tyares, de ſceptres, de faiſceaux, & des autres marques de dignité que les hômes ſouhaitent.

RECIT.

Fuyez de deuant moy, Paſſions populaires,
    C'eſt moy qui regne dans la Cour;
Et ſi j'y laiſſe entrer l'Intereſt, & l'Amour,
Ils ſeruent à mes fins, & ſont mes tributaires.

Les vains plaiſirs des ſens affligent la memoire,
    La richeße perd les eſprits:
Mais les cœurs des humains ne deſcouurent leurs pris
Que lors qu'ils ſont bruſlez du deſir de la gloire.

Toutes les paſſions endurent des limites,
    Et leur excez eſt vn deffaut;
Mais à peine à mon vol le Ciel eſt aſſez haut,
Et la terre, & la mer, ſont pour moy trop petites.

Ces vains ambitieux dont l'imprudente audace
N'eut point de reigle, ny de loy,
Ont eu ce qu'ils vouloient, & ne doiuent qu'à moy
Si leur nom dans l'Histoire a trouué quelque place.

Le temps dont le pouuoir brise tous les ouurages,
Et de la nature & de l'art,
Ne sçauroit empescher que je ne fasse part
D'vne immortelle vie aux genereux courages.

Bruslez, bruslez, mortels, de ma flame diuine,
Elle vous mettra dans les Cieux;
Elle sçait des humains faire des demy-Dieux,
Et les faire respondre à leur haute origine.

PREMIERE ENTREE.

Vatre renommez Athletes des jeux Olympiques, qui eurent vne passion si furieuse d'acquerir de la reputation, qu'ils tenterent & firent des choses au dessus des forces humaines. Cleomede qui fit tomber vne voûte, en secoüant les colonnes qui la soustenoient. Polydamas qui tua vn lyon seul à seul. Theagene qui emporta vne statuë de bronze d'vne place publique. Milon qui portoit vn bœuf, & qui voulut à force de bras fendre vn arbre par la moitié.

Les Sieurs Molier, Robichon, D'Oliuet, & Queru.

II.

II. ENTREE.

TRois fameux Heros de l'Antiquité, Hercule, Thesée, & Persée, qui s'exposerent à toutes sortes de perils pour acquerir l'estime des peuples.

Monsieur le Comte d'Estrée, Monsieur de Bragelonne, & le Sieur Cornu.

III. ENTREE.

QVatre bigearres passionnez pour l'immortalité : Psaphon Lybien qui s'aduisa d'instruire des oyseaux à dire, PSAPHON EST DIEV, & qui les laissa aller apres dans les bois, où ils le mirent en grande veneration. Le Philosophe Heraclides qui se fit tuër, & fit mettre vn Dragon dans son cercueil, pour faire croire que son corps auoit esté enleué dans le Ciel. Empedocles qui se jetta dans l'incendie d'Æthna pour le mesme sujet. Periandre Tiran de Corinthe qui enuoya plusieurs gens la nuict en vn mesme lieu, auec ordre de tuër & d'enseuelir le premier qu'ils rencontreroient : Apres quoy il s'y alla rendre, & fut tué & enseuely comme il l'auoit premedité.

Les Sieurs de Mongé, le Comte, Boisuinet, & Musinot.

E

IV. ENTREE.

SAlmonée qui fur vn pont d'airain ofa con-
trefaire Iupiter.
Le Sieur de Verpré.

V. ET VI. ENTREE.

TRois Furies viennent embrafer le cœur de
quatre Incendiaires, auec lefquels Eroftrate va brufler le Temple d'Ephefe, dans le feul
deffein de faire parler de luy.
*Les trois Furies, Meßieurs le Comte de S. Agnan, de Gon-
tery & Seguier. Eroftrate & les Incendiaires, les Sieurs Robichon, d'Oliuet, Molier, Gory, & Ferau.*

VII. ENTREE.

PHaëthon.   *Monfieur le Duc de Ioyeufe.*

VIII. ENTREE.

TRois vains perfonnages, Xerxes auec vn
foüet à la main, pour en chaftier l'orgueil
de la mer. Le Mathematicien Archimede, auec
vn Cric pour enleuer la terre. Et le Chymifte
Artefius auec vne fiole d'or potable pour ra-
jeunir les vieillards.
Monfieur de la Meilleraye, & les Sieurs Mouchy & la Barre.

IX. Entree.

DEdale apprend à voler à son fils Icare, qui se perd voulant s'esleuer plus haut que son pere.

Les Sieurs Robichon, & de Sainct Fré.

X. ET DERNIERE Entree.

OSiris Roy d'Egypte & sa femme Isis, que le desir de la Gloire aueugla tellement, que de leur viuant ils se decernerent des honneurs diuins, & s'establirent des Prestres & des Prestresses qui solemnisoient leur memoire auec toutes sortes d'instruments.

Cette feste est representée par vne danse de trois Egyptiens & de trois Egyptiennes, dans laquelle l'vn & l'autre se meslent.

Osiris & ses hommes, *les Sieurs de Sainct André, de Verpré, des Airs, & Boisuinet.*

Isis & ses femmes, *les Sieurs le Comte, de Lorge, Barbau, & de Mongé.*

F I N.

www.ingramcontent.com/pod-product-compliance
Lightning Source LLC
LaVergne TN
LVHW051134060726
842526LV00006B/2045